Le bœuf, le crabe et les vers de terre

à

Michel PIERRE

mon frère Jumal

(17/08/1947 - 20/07/2012)

Roman instinctiviste*

*Instinctivisme = Expression de la médiocrité arrogante

Roman à tendance Instinctivisto-anarcho-pamphlétaire agricole, ou pas

N'obtenant pas de ventes supérieures à 200 000 exemplaires je n'ai pas les moyens de faire appel à un correcteur pour les fautes d'orthographe, de syntaxe ou autres. Connaissant l'histoire je ne relis pas moi même.... Si c'est chiant pour vous, imaginez pour moi.

Signé : L'auteur

P.S. C'est aussi de, votre faute, fallait en acheter plus

Alain René Poirier   Chantre de la médiocrité arrogante

Le bœuf, le crabe et les vers de terre

Écologie mon cul

Chap 1

Tout commence un de ces putains d'hivers pluvieux. Un de ceux que ces cons de capitalistes nous concoctent maintenant. Ils t'accusent. S'il n'y a plus de saisons, c'est de ta faute. Te montrent du doigt, te stigmatisent, te culpabilisent, expliquent que ta conduite irresponsable dérègle le climat. Ils dénoncent ta façon de te vautrer dans les plaisirs à effet de serre, de prendre ton pied en pataugeant dans le gaz carbonique, en nageant dans la particule fine... Juste pour te justifier de nouvelles taxes, faut dire que t'as la mamelle tentante comme vache à lait. Ils assurent que tu ne manges que des aliments de pauvres, des trucs immondes bourrés des pesticides issus de leurs complexes pétro-chimiques, qu'eux même, à les vomir, ils ne s'y risqueraient pas, de la bouffe qui libèrent du méthane à la digestion, que t'as le fondement plus productif qu'une cuve à méthanisation. Que contrairement à toi et à ta putain de purée de synthèse accompagnée de knackis à peau plastifiée, leur caviar « Ossetra » de chez Petrossian ne les contraint pas à la flatulence des vulgaires. Ne pètent pas plus haut que leur cul, ni à sa hauteur, s'en abstiennent totalement. Ils se lamentent de te voir contribuer au réchauffement de la planète en utilisant tous les produits inutiles qu'ils conçoivent, fabriquent, te vantent à coups de tonnes de dépliants publicitaires, pour te conditionner et te les vendre... Ces hypocrites qui t'ont décérébré, se désolent, de t'y voir succomber, sans la moindre tentative de résistance... Sont obligés de se ménager des marges bénéficiaires que s'en est honteux, pour refréner tes ardeurs consuméristes, ta fièvre acheteuse, escroqueries qu'ils justifient du haut de leur grandeur, enroulés dans des drapeaux estampillés « élite garantie pure race » labellisée ENA, HEC où Sciences Politiques, élevée au grand air de la villa Montmorency, de Megève, de Schtadt, oriflammes imprimées de dessins témoignages de leur bonne conscience. Pire, ils sont écœurés par ton absence d'attitude citoyenne, outrés que tu t'obstines à les utiliser, les consommer sans vergogne, sous le prétexte fallacieux que tu les as payé chers, que ton argent ne

Le bœuf, le crabe et les vers de terre

tombe pas du ciel, que tu ne le trouves pas sous les pas d'un okapi, que tu travailles dur pour le gagner, que tu vas jusqu'à t'endetter, tu évoques la sueur de ton front, les ampoules de tes mains, les courbatures de ton dos, tes réveils aux petits matins froids et brumeux, les yeux bouffis de sommeil dans un train de banlieue bondé jusqu'à la gueule, plein d'odeurs d'après-rasage bon marché, d'haleines savants mélanges de café et de premières cigarettes, de menthe et de caries mal soignées, wagons qui te vomissent leurs chargements de damnés de la terre, sur un quai de gare balayé par le vent du nord, dernière étape avant de disparaître, fantômes évanescents dans les fumées acres de leurs l'usines abrutissantes. Faut pas gâcher, justifies-tu, tout manger, tout boire, tout consommer jusqu'à la dernière molécule. Ils décrètent même, interviewés, à la descente de leurs imposantes limousines, qu'il serait opportun que tu arrêtes de te pavaner dans ta vieille Five diesel, qu'a le moteur qui accroche, de ses petits bras musclés, des couches de CO^2 au plafond du ciel de la terre, crache des particules fines pour te raccourcir le calvaire. Ils t'abjurent de passer à l'électrique comme automobile, si tu n'as pas la possibilité d'utiliser les transports en commun mis à la disposition des autres puent-la-sueur de ta caste. Ainsi vous éviteriez

Roman à tendance Instinctivisto-anarcho-pamphlétaire agricole, ou pas

d'encombrer les avenues ombragées, emplies de chiens de races, enrubannés, parfumés, qui gardent, le petit orteil dressé en levant la patte, pour pisser, d'oiseaux qui font piouc-piouc en se vouvoyant et picorant des graines Bio, bizz-bizz des abeilles uniquement préposées à la confection de gelée royale, voies qui devraient leur être exclusivement réservées. Bien sûr, tu objecteras sottement que pour faire Paris Bordeaux, dans ta caisse à savon électrique, tu mettras une semaine, en ne roulant que de jour par temps doux... que, si tu prends la route une nuit enneigée, avec les phares, les essuie-glaces, le chauffage, et le klaxon qui fait pouette pouette pour avertir les piétons de ton arrivée silencieuse, tes batteries ne te permettront pas de dépasser la porte d'Orléans, voir dans le meilleurs cas d'atteindre le souterrain de Cachan... De toutes façons tu n'as rien à aller foutre à Bordeaux, ne me dis pas que tu te mets à picoler du Château Pétrus 1989, à te torcher au Château Cheval Blanc 1993, à te piquer la ruche au Château Balestard la Tonnelle 2011. Restes à Aubervilliers boire ton infâme piquette, ne fais pas chier le monde avec des idées d'escapades, de congés, de tourisme œnologique, causes de ta perte de productivité. Ce sera encore de ta faute si la France n'est pas assez compétitive, que t'es trop payé pour fabriquer du bas de gamme, que le chinois, le vietnamien, l'indien, le

Le bœuf, le crabe et les vers de terre

bangladais reviennent moins cher, ont même la décence de crever avant l'âge de la retraite pour éviter de la cotisation sociale qui plombe la marge !... A propos de voitures électriques, je n'évoque pas le manque à gagner fiscal pour l'état, plus d'un milliard d'euros provenant de sa taxe sur les produits pétroliers, si toute la populace se baguenaude en torpédo électrique... Vous le feront payer d'une façon ou d'une autre, quelle que soit la marque des clones amuse-galerie qui seront à la tête du pays à ce moment là, quand la conséquence de leur décision de t'électrifier la mobilité finira par leur atteindre le cortex.

Roman à tendance Instinctivisto-anarcho-pamphlétaire agricole, ou pas

Écologie à mon cul ma tête est malade

Chap 2

Tes fustigeurs, ces écolo-bien-pensants, le cul calé sur leurs sièges rembourrés de privilèges, dans leurs hélicoptères équipés de moteurs super éco-responsables, prennent de la hauteur en te filmant du haut des airs pour t'apporter les preuves irréfutables de ton inconséquence criminelle. C'est de ton unique faute, si la banquise devient si riquiqui, que les ours blancs en sont réduits, faute de phoques bien gras équipés de gentils bébés qui, après un vigoureux massage de l'occiput à la batte de baseball, font de si jolis manteaux de fourrure sur les épaules des femmes des beaux quartiers, des chaussons si doux que ça chatouille les orteils des pieds les plus délicats. Les ours blancs sont réduits, disais-je, à bouffer de l'esquimau sans attendre qu'il ait un bâton enfoncé

Le bœuf, le crabe et les vers de terre

dans le cul suivant les normes européennes en vigueur... Ne le saupoudrent même pas de morceaux de noisettes qui font de petites aspérités sous la couche de chocolat croustillante, ce qui montre d'une part leur peu de respect pour les règles de la gastronomie glacière, de l'autre, leurs origines qui sentent le sauvage analphabète à plein nez. Attends, me rétorqueras-tu, non sans raisons, le papa ours, il a l'estomac dans les talons, les crocs au chômage technique depuis des semaines, tu ne veux pas dans ces conditions qu'il devienne un puriste de la dégustation glacée, qu'il te lape l'esquimau en tenant le bâtonnet délicatement entre le pouce et l'indexe, le petit doigt en l'air genre : je bois mon thé Bai-mu-Dan, provenant directement du Fuding, dans une tasse de porcelaine de Limoges, modèle Barndebourg Or mat de chez Haviland... Pour qui le prends-tu l'ursus maritimus, n'est pas tombé de la dernière neige. Au cours de ses pérégrinations sur la mer gelée, il n'a pas vu un seul arbre, le plus petit arbuste, le moindre arbrisseau, ni l'ombre d'une brindille, à des bornes à la ronde, pourtant il a l'œil version HD, te voit sans lunettes les plus petites lettres sur le tableau de Snellen chez l'ophtalmologiste. Des kilomètres et des kilomètres de glaçons, il en a arpenté crois moi, le plantigrade, depuis que sa route s'est

Roman à tendance Instinctivisto-anarcho-pamphlétaire agricole, ou pas

séparée de celle des ratons-laveurs, il y a trente millions d'années... Un conseil, si t'es Inuit, oublie l'excuse bidon, n'espère pas surseoir à ses crocs en lui expliquant qu'un esquimau se doit d'être empaler sur du bâtonnet calibré et réglementaire, que des technocrates, bien peignanturés, en costume cravates et mocassins à glands, se sont cassés le cul à établir des normes pour que dans les boîtes tout soit parfaitement aligné, que ça fasse super joli de loin, pour qui à le goût géométrique, l'amour des jardins à la française, des torchons bien séparés des serviettes... Ne le prends pas pour un con le carnivore arctiques, si pas de bois disponible, pas de bâtonnets à sodomie. Plus possible de gagner du temps, pour éviter de devenir un casse-croûte, avec ce genre d'argutie. Alors ton humain des contrées boréales, devenu friandise glacée aux yeux du plantigrade, il te le croque sans sa tige de bois enfoncée dans le fondement, s'en fout de passer pour le glouton de service, de se voir traité de « pas raffiné » qui n'a pas les manières édictées par la baronne Nadine de Suce-la-Moi de la Décapotable, attend même de pied ferme que tu oses venir le lui dire en face... pour te croquer façon hot-dog, bien te faire sentir que lui est au sommet de la chaîne alimentaire, pas toi, que t'as déjà ton nom inscrit en caractères gras sur sa carte des menus, que tu seras accompagné de la garniture qui va bien, qu'il en salive

Le bœuf, le crabe et les vers de terre

déjà, s'en pourlèche d'avance les babines, a même l'estomac qui gargouille tellement tu lui donnes faim.

Roman à tendance Instinctivisto-anarcho-pamphlétaire agricole, ou pas

Putain que le ciel est bas

Chap 3

Ce putain d'hiver a un ciel si bas que tu regrettes d'avoir mangé de la soupe à l'époque de ta niardise crédule. Mange, mange, mange c'est pour grandir qu'ils t'encourageaient les supporters de l'aller retour cuillère, assiette, soupe, bouche, qui t'ont engendré pendant ces nuits interminables de décembre. Résultat des courses, vu ta taille, lorsque le ciel est bas, si bas que des canaux se perdent... tu vois un peu le tableau, t'es même contraint de sortir de chez toi en rampant, devant des lombrics épris de footing, qui te croisent en te tirant leur chapeau, ils te saluent dans la connivence des complices de reptation... te reconnaissent pour un des leurs, un vrai fucking-creeping... sans être passé par la municipalité **autrichienne de Tarsdorf.** (NDLA réservé aux férus de géographie)

Le bœuf, le crabe et les vers de terre

Un ciel si sombre, si gris, que des canaux se pendent, que dans ton esprit, le soleil n'est plus qu'une fiction, un rêve des temps anciens, une nostalgie, un souvenir qui s'estompe... Un hiver moderne comme le bêlent nos journaleux mainstream, encartés comme des putes, ces potiches endimanchées qui décorent de leur vulgarité cravatée vos écrans télévisuels, ces détenteurs de la morale, du bien, de la pensée tellement idéale qu'il faut derechef l'encadrer, de la tolérance qui n'admet que le point de vue que l'oreillette leur souffle, te vouant aux gémonies si tu t'avises d'avoir une autre approche, fustigeant tout ce qui s'écarte de leur ligne totalitaire, ne serait-ce que d'un degré, d'un poil de cul, d'une demie virgule, d'un sens figuré, d'un morceau de quark, d'un embryon d'électron.

Putain d'hiver si triste, si blafard, si déprimant, un hiver à écouter Tears in Heaven d'Eric Clapton, Tomorrow is a long Time de Bob Dylan, ou la discographie complète de Léonard Cohen... avant de courir te pendre haut et court, si la corde de qualité du rayon pendaison était moins onéreuse. C'est à ces détails liés à ton pouvoir d'achat, que tu découvres que la lutte des classes est encore une réalité, contrairement aux affirmations des larbins médiatiques du capital. T'as de la

Roman à tendance Instinctivisto-anarcho-pamphlétaire agricole, ou pas

corde-à-pendus de riche, celle qui tient des années, qui reste intacte alors que les asticots ont abandonné ton squelette décharné pour des charognes plus goûteuses, corde qui prend de la valeur avec le temps, qui est pour toi un investissement rentable, opposée à de la corde à strangulation bas de gamme, à obsolescence programmée, qui a déjà perdu de sa valeur avant que tu n'aies franchi la porte de sortie de ton magasin de bricolage, que t'es obligé, sitôt achetée, de l'utiliser dare-dare, si tu ne veux pas subir la honte de la rupture, de la sortie de scène prématurée, qui te projette dans le grotesque, le vautrage humiliant, le croutage déshonorant. j'ai opté naturellement pour la corde de qualité, un cordage en chanvre naturel de 50mm, quatre torons toronnés, épissables, qui résiste à 137kg/100m, corde fabriquée uniquement à l'aide des meilleurs longs fils de chanvre, chacun délicatement poli, roulé sur la cuisse de femmes girondes, comme le sont les Montecristo cubains. Une corde si douce à la peau, que tu prends un plaisir sensuel à te la passer autour du cou, tu t'imagines paré d'une Lavallière, un tour de cou qui te rafraîchit le gosier comme, sur des pieds propres, de fines chaussettes de soie sauvage... qu'à côté de toi les autres pendus à la corde ordinaire finissent, d'envie, par jalousie, de taper la dépression, tu leur voles leur dernier désir de paraître, de

Le bœuf, le crabe et les vers de terre

faire l'intéressant, d'attirer enfin l'attention sur eux, tout ça escamoté par la qualité de ton suspensoir.... T'es tellement glamour lorsque tu te balances avec grâce au bout de ta corde, qu'ils te prennent pour une œuvre d'art, à Sothby's sont capables de t'accrocher à poil à une potence pour te vendre aux enchères comme une vulgaire installation d'un bouffon de l'art contemporain, qu'au coup de marteau clôturant ta vente, le commissaire priseur file un coup de latte dans les pieds de ton tabouret piédestal pour que commence la performance créatrice, ton balancement régulier, avec ta tête qui s'orne de ce bleu profond que ne désavouerait pas Yves Klein dans ses barbouillages peinturlurés prisés des élites épaisses du porte-feuille et chauves du gland, couleur primaire mise en valeur par le contraste du violet soutenu de ta langue... et cette fameuse bandaison qu'avec respect toute l'assistance admire, cette bandaison qui tant de fois t'as sauvé du pire, tant de fois affermi la renommée du commissaire priseur... en prime, si tu te laissais aller, t'aurais même la petite éjaculation qui va bien avec... ton éducation judéo-chrétienne te l'interdit... Pas devant ce parterre de gens de goût, d'esthètes, de cultivés, de cous emperlousés, de bras gantés, d'acheteurs potentiels qui sentent bon le baise-main, la grand-messe du dimanche

Roman à tendance Instinctivisto-anarcho-pamphlétaire agricole, ou pas

matin, le vouvoiement et la rinçure de bénitier....

Pour la noblesse de mon cou, je n'aurais même pas osé envisager de la vulgaire cordelette premier prix, du synthétique qui te fait de la pendaison de traîne savates, du suicide de second couteau, de la fin de vie de RMiste, qui t'ouvre les portes du pays des mortibus sous les huées, les quolibets, les moqueries des connaisseurs, de ceux pour qui, le minimum de respect de soi est encore une valeurs, le sens de l'esthétique reste une ambition, la petite touche finale dans l'artistique demeure un aboutissement. Si, par un dernier réflexe de radinerie, tu te contentes du synthétique, pour de l'auto-trucidage utilitaire et expéditif, du passage de l'arme-à-gauche bassement matérialiste, de la crevitude de stakhanoviste, tu vas voir les macchabées de souches te tenir à l'écart, te snober, te faire le coup du mépris, te sous-entendre que tu n'es pas de leur monde, que t'as les manières de ces rustres qui vivent à coup de cartes de crédit revolving, que t'es plus connu chez Lidle que chez Fauchon, que question savoir vivre, une fois entré dans le monde des squelettes, tu ne sais pas qu'il faut rendre, sans les cracher bruyamment façon noyaux de cerises, les os des phalanges après un baise-main, prétendent même que t'as une petite tendance à la civilité gloutonne... Putain de cordelette pour cou de pauvre, qui te fait des traces

Le bœuf, le crabe et les vers de terre

disgracieuses, qui t'irrite, te cisaille, t'entre dans les chairs, te ruine le gosier sans te permettre la bandaison finale, celle qui te fait sortir du monde des vivants avec les honneurs, l'admiration des dames, l'œil envieux des bourgeois ventripotents... C'est l'érection finale, camarade, l'éjaculation qui devrait faire le genre humain... turgescence provoquée par la strangulation, devenue le point d'exclamation de la dernière phrase de ton existence...

Roman à tendance Instinctivisto-anarcho-pamphlétaire agricole, ou pas

Ferme ta gueule c'est moderne !

Chap 4

Je parle d'un putain d'hiver de ceux qu'ils font maintenant, qu'ils décrivent avec du mot « moderne » tellement plein la gueule, que des lettres leur en dégoulinent de chaque côté des bajoues, rajoutent toujours « moderne » à une réforme qui est devenu plus que pourrie pour te faire passer la pilule.... la perte de ton pouvoir d'achat « moderne », la disparition de tes avantages sociaux « moderne », ta précarité « moderne », les riches de plus en plus riches « moderne », quatre-vingt cinq personnes qui possèdent la moitié des richesses mondiales « moderne » travailler la nuit, le dimanche « moderne », ton licenciement sans motif « moderne », la pollution à tout-va « moderne », le nouvel esclavage « moderne », les SDF qui crèvent de faim et de froid la gueule ouverte, comme disait Pierre Fournier, devant les

Le bœuf, le crabe et les vers de terre

hôtels à vingt milles euros la nuit « moderne... Bordel de merde, le premier qui fait bouger ses lèvres devant moi, ne serait-ce que d'un millimètre, pour, la gueule enfarinée, la bouche en cul-de-poule, me pondre, ce putain de mot « moderne » qui emplit les diatribes de ces enculés d'affameurs du peuple, je lui éclate la tronche à coups de pelle de chantier, je lui rentre le nez dans la tête à lui faire se respirer les amygdales... que l'arrogant va en devenir tellement « moderne » cubiste, avant-gardiste même, cette gueule de selfie...
  Là, t'es loin de l'hiver classique, de l'habituel, de celui que t'avais quand t'étais môme, avec de la neige les jours qu'il faut, jours où dans ton short de velours vert mélèze, les chaussettes de laine grise tire-bouchonnant sur tes maigres mollets de coq, les pieds enfoncés dans tes Pataugas à œillets, tu grelottais des genoux, tu violaçais des tibias, stalactitais de la narine, gerçais des lèvres où, sur le trottoir d'en face, des adultes, qu'avaient pris l'option vioque comme âge, se fracturaient le col du fémur en vol-planant sur le verglas, tu sais, les « juste un peu vieux », mais pas encore assez liquides pour que leurs équipements en couches anti-fuites urinaires, amortissant leur perte d'équilibre, fassent office d'airbag à fion... chute accompagnée en prime des rires sous cape des

passants aux regards obliques.

    Non, oublie coco, c'est fini tout ça, c'était un autre temps, une époque où l'ouvrier était digne, cultivé, militant, solidaire, période d'âpres luttes, de sang versé pour conquérir au fil des années des avancées sociales, époque où l'oligarchie dominante était obligée de fomenter une bonne guerre de temps à autre pour reprendre ce qu'elle avait été obligée de concéder, puis les luttes sociales reprenaient, le capital lâchait à nouveau des miettes en prenant soin de trouver des besoins nouveaux qu'ils imposaient aux masses moutonnières pour se refaire un peu le compte en banque. Maintenant, plus besoin de guerres, plus possibles, ils ont des billes dans tous les pays, ne vont pas se tirer une balle dans le pied... Le plus simple, le plus lucratif, ils t'organisent une bonne crise qui te rançonnent les prolétaires pour renflouer les banquiers dilapidateurs de l'argent qui leur avait été confié... pas perdu pour tout le monde le pognon, si l'on en croit la brusque multiplication des fortunes chez les élus de la sainte pognonnerie, sans que Jésus n'ait eu à pointer le bout de son auréole, t'as du miracle sans le sacré, la présence du bâtard encloué n'est plus indispensable, ne t'uses pas les genoux, l'aviateur sert juste de produit d'appel, de tête de gondole dans les magasins de bondieuseries...

Le bœuf, le crabe et les vers de terre

Les transformés en larves, décérébrés au rap, à la techno, gavés de football, de bière, de Mac-Donald, de télé-réalité et de branlettes sopalin sur Youporn, abandonnent en quelques mois ce que leurs pères avaient mis des années à conquérir... en échange d'un plat d'applications sur leurs smartphones, l'extension de leurs cerveaux atrophiés.

Roman à tendance Instinctivisto-anarcho-pamphlétaire agricole, ou pas

Si tu regardes devant, tu l'as dans le cul

Chap 5

Ne te roule pas dans la nostalgie, ne zyeute pas dans le rétroviseur, regarde l'horizon, tu ne vois qu'un tas de merde ? Ne fais pas de déclinisme, maintenant tu vis le moderne qu'on te dit, c'est reposant, t'as même plus à penser, tes maîtres le font pour toi... Ce qui est bon pour eux finira certainement par être bon pour toi... un jour ou l'autre... de toutes façons tu te rattraperas au paradis si tu n'as pas le temps sur terre.

De nos jours, t'as à subir de la pourriture de saison vendue par le libéralisme, saison où il te flotte en permanence sur la tronche, uniquement pour te vendre de l'imperméable et du parapluie, que le temps ne dépend plus que des variations de la bourse, qu'ils sont foutus de te faire canicule en février si le stock de strings couleur

Le bœuf, le crabe et les vers de terre

léopard imitation poils de ragondins leur est resté sur les bras.

Question paysage, t'as au dessus de la tête un ciel gris sombre, lourd comme du plomb, tu n'es pas sûr que le cumulonimbus qui menace ta tronche va rester accroché en l'air, tu te demandes si l'élastique, la ficelle, l'épingle ou n'importe quel bidule qui le maintient en l'air ne va pas céder sous le poids, surtout si ce con de gros plein de flotte a étudié les lois de Newton. Tu sais la théorie déduite de la pomme qu'était mure juste au moment où le maçon de la Grande Loge d'Angleterre s'est couché dessous le pommier pour se la prendre sur la tronche, remarque, avec une tignasse façon Louis XIV la perruque aurait partiellement amorti le choc s'il n'avait pas eu l'idée de s'allonger. Si ce British était resté assis pour attendre que n'importe quel objet se casse la gueule pour lui inspirer les lois de l'attraction universelle, ou comme tout le monde de normalement constitué l'aurait fait, s'il s'était contenté de mater sa voisine faisant sa toilette dans son baquet de bain, l'œil rivé au télescope à miroir sphérique qu'il venait d'inventer. Mais là, bernique, que nenni, réveil brutal et début de la légende comme le raconte William Stukeley... S'est réveillé en sursaut le père Isaac. Au lieu de gueuler contre ce putain de pommier qui lui bombarde la tronche à coups de pommes, avec dans la colère, le légitime réflexe, pour le désarmer des ses fracasses-tête, de lui latter copieusement, méthodiquement, rageusement, le bas du tronc, à coup de santiags puis, grâce aux vibrations occasionnées par les coups, en faire tomber tous les fruits offensifs, les écraser un à un à grands coups de talons vengeurs pour te faire une compote géante. Non, t'as devant toi un type du genre zen, qui se frotte la caboche genre : « même pas mal », dans la foulée te pond Philosophiae-Naturalis-Principia-Mathematica accompagné de formules du genre... $F=-G(M_aM_b/AB^2)u$... Se serait couché au printemps pour la sieste, il n'aurait pas été réveillé par la chute d'un pétale rosé se balançant dans la brise légère avant d'anezir délicatement sur son tarin. Tu ne saurais toujours pas que les pommes sont obligées de choir en visant le centre de la terre, que faut les regarder en fermant un œil pour mieux visualiser la rectitude de la trajectoire à prendre... ne doivent pas se disperser dans l'errance, partir n'importe où, musarder dans le bucolique, s'envoler au gré du vent, qu'il y a des lois avec des équations super chiadées où tu ne peux pas te servir de tes doigts pour compter, même en ajoutant ceux des pieds et tout ce qui dépasse de ton anatomie, que rien n'est le fait du hasard, que la pesanteur et l'attraction

Le bœuf, le crabe et les vers de terre

terrestre n'ont pas été faites pour les chiens... quoique... un chien qui tombe d'un pommier subit ces lois, surtout si tu ne le jettes pas trop fort, que tu le dropes avec parcimonie, ou une copine à elle... Là, tu comprends mieux les appréhensions des Gaulois qui se méfiaient des sombres nuages d'orage qui éloisent, tonnent, grondent et finissent par te balancer des déluges de glace sur la caboche, oubliant dans la précipitation de livrer le cornet en gaufre croustillante qui va avec, cornet remerciant la fine couche de chocolat qui lui tapisse l'intérieur de lui permettre de ne pas subir les assauts ramollissants de l'humidité causée par la fonte. Que ceux qui ne se sont jamais pris des grêlons gros comme des balles de tennis sur le coin de la margoulette se renseignent puis, la queue entre les jambes, le profil bas, la repentance en exergue, la modestie retrouvant la boutonnière, remettent leur ironie d'êtres supérieurs dans leur poche avec leur mouchoir par dessus... Que ces gus, qui n'ont même pas inventé la marche arrière, arrêtent un peu leur gaulois'bashing, évitent de prendre les inventeurs du tonneau, de la cervoise, du savon lustrant à base de cendre et de suif, de la caisse à roues dentelées tirée par des bœufs pour arracher et récupérer les épis de froment, ancêtre de la moissonneuse des champs, le futal qu'ils appelaient braies, à mi chemin entre le pantalon de golfe et le bermuda, et la cotte de maille qui leur faisait dire : »il n'y a qu'elle qui m'aille »... de les prendre m'égosillais-je à en perdre la voix, pour des arriérés croyants aux esprits maléfiques et autres billevesées irrationnelles. Se faire lapider sans raison par des glaçons célestes, c'est bien la preuve que parfois, t'as bien le ciel qui te tombe sur la tête... les Gaulois n'avaient pas précisé d'un seul bloc pour le mode opératoire de la chute, certes le ciel te tombe façon puzzle de deux-cent-milles pièces, mais une fois reconstitué, t'as le nuage en entier, nuage qui ressemble un peu à une banquise si t'as de l'imagination... sans les ours croqueurs d'Inuits dépourvus de bâtons bien sûr, n'ont pas de parachutes.

Le bœuf, le crabe et les vers de terre

L'hiver c'est triste

Chap 6

Un ciel si menaçant que tu hésites à sortir sans être équipé d'un casque de protection, d'un blouson de motard renforcé et d'un calbut protège joyeuses doté d'une coquille en tôle,(NDLA si tu retires le q de coquille tu sais à quoi ça sert) un ciel si obscur que t'es obligé de demander l'heure pour être certain que c'est bien le jour qui se déroule autour de toi, que tu ne t'es pas levé en pleine nuit, que ton réveil matin ne s'est pas mis dans l'idée de te faire une blague, tu sais, pour prendre la nuit pour le jour, pour que tu te crois entrer dans la bande à Alzheimer, même si tu te souviens de son prénom : Aloïs. Tu pressens que ces conneries d'horlogeries numériques sont capables de t'inventer des réveils taquins juste pour le plaisir de

Roman à tendance Instinctivisto-anarcho-pamphlétaire agricole, ou pas

t'introduire dans l'erreur.

Un ciel si noir, que tu croirais que c'est Soulages qui l'a badigeonné, un ciel où le soleil, dès potron-jacquet, de dépit, a renoncé à s'encorder pour escalader le firmament par la face « Est ». Pour aujourd'hui, à l'est rien de nouveau, s'est dit cette feignasse d'étoile qui reste couchée dans son lit de nuages en grignotant des olives fourrées aux anchois, ce jour sera mon Éden, poursuivit-elle tapotant d'un doigt léthargique sur sa page Face-Book, pour liker comme une malade des maximes infantilisantes, des réflexions cucul la praline et autres pensées du niveau de réflexion d'une miss-France fraîchement élue. Attention, ne se vautre pas dans du petit nuage, là, elle a choisi du confortable, de l'épais, de l'édredon de nuage, de celui où tu disparais dans le duvet quand tu te couches dedans, qu'il faut être super attentif pour te remarquer mélangé aux plumes. Tu ajoutes à tout ça le vent violent, que tu ne sais pas d'où il vient, ni pourquoi, un vent qui souffle à ne pas mettre un cocu dehors, vent qu'écorne même les bœufs les plus fidèles, vent qui te rentre jusque dans la moelle des os, vent qui te fait croire qu'il fait vachement plus froid que ce que ne lisent tes yeux sur les graduations du mercure, qui te fait traiter ton thermomètre de menteur quand tu découvres le nombre mesurant la température qui te semble

Le bœuf, le crabe et les vers de terre

beaucoup trop élevé...
    Contrairement au vent, moi je sais d'où je viens, je sais aussi pourquoi, promis je te le dirais plus tard. Tout de suite, il me faut appeler l'autre con, me faut arrêter la digression, rentrer dans le vif du sujet... ou du matériel comme dirait l'humaniste social, cet ex-futur président de la république, cet ancien directeur du FMI, cet associé au financier recordman d'Israël de saut de fenêtre sans élastique, façon Mike Brant.

Roman à tendance Instinctivisto-anarcho-pamphlétaire agricole, ou pas

La douve et la fourmi

Chap 7

-Hou Hou, toi, oui toi, comment vas-tu ?
Le niais, il me cherche partout autour de lui, a les yeux qui caméléonnent avant de se prendre pour un derviche tourneur.
-Ne tournes pas comme un coq sans tête dans une cour de ferme, arrête de faire la toupie, tu vas finir par t'enfoncer dans le sol, ressortir de l'autre côté, que c'est la Chine comme pays, tu seras super emmerdé pour communiquer avec de l'indigène vu que t'as du mal à articuler les sinogrammes, que tu ne parles pas une broque de la langue, que t'es même pas fichu de tenir correctement tes baguettes pour manger ta soupe au champignons noirs.
Le voilà qui part à gauche, à droite...
-Putain, regarde-toi, tu te comportes comme un clebs du genre épagneul, qui renifle de sa truffe les billes vertes

Le bœuf, le crabe et les vers de terre

toutes fraîches laissées en évidence par un garenne, clébard qui se dit : chouette, je vais abandonner dans ma gamelle ces immondes croquettes qu'ils me servent à bouffer, par fainéantise, pas foutu de prendre cinq minutes pour te cuisiner du frais. Je vais me choper de la bonne bidoche fraîche, bien sanguinolente, de la bouffe pour vrai carnassier, du repas qui se défend, du beefsteak qui court devant mes dents, de la protéine qui se carapate pour sauver sa peau, pour tout dire, un repas plus fun que de la merde en sachets à base de kangourous géants et de soja transgénique. Il le sait bien, le cabot, que le lapin va revenir manger ses premières crottes, ça naît en le sachant, c'est inné, pas besoin d'aller user ses poils de queue sur des bancs d'écoles. De générations en générations les canis lupus se transmettent l'information, elle est intégrée au lait que le chiot tète à l'une des dix mamelles de sa mère, il sait qu'un lapin, c'est comme un ruminant avec une panse externe, que ça digère en deux temps, c'est cæcotrophe comme disent les spécialistes qui font lapin en première langue... faut juste qu'entre temps, un lagomorphe feignasse de la digestion ne vienne pas lui piquer son début de repas, lui voler le fruit de ses efforts, le don de ses entrailles... un genre lapin actionnaire, une élite parasite des garennes, comme les nomment ceux qui

Roman à tendance Instinctivisto-anarcho-pamphlétaire agricole, ou pas

ont fait anthropomorphisme moderne en seconde langue. L'épagneul, son instinct lui dit que les oreilles de l'oryctolagus cuniculus ne doivent pas être cachées bien loin, que le rabbit doit surveiller du coin de l'œil son déjeuner, en est tout excité Médor, a la queue qui fait essuie-glace, l'œil rieur, la papille salivante, la babine suintante, pense que le terrier du bestiau Jeannot est à la portée de ses griffes de pattes avant, que son râble ne devrait pas tarder à faire la connaissance de ses crocs... pas besoin de présentations préalables... Mais, si le chasseur trouve des billes de couleur marron, de l'étron de deuxième intention, là, le cabot ne perd pas son temps, il poursuit son chemin, il sait que la digestion est accomplie, que l'émetteur ne va pas se repointer pour couvrir ses excréments, pas le genre à tirer la chasse le quadrupède, déjà rien que le mot chasse lui file de l'urticaire, ne se demande pas non plus s'il peut jouer aux billes avec, ni combien devra-t-il en donner pour les échanger contre celles des moutons ou des chèvres qui sont de plus grosse taille. Le cabot continu sa quête snifarde pour tenter de se choper à tous prix du léporidé à grandes oreilles, c'est le genre à idée fixe, pas un idéaliste, chez lui la faim prime sur le ludique.

    De grâce, arrête de tournicoter dans tous les sens, tu te prends pour Zébulon ou quoi ? Je te jure, de loin, tu

Le bœuf, le crabe et les vers de terre

fais plus éolienne un jour de tempête que la cerise vautrée sur le lit de crème chantilly d'une grosse meringue... Pas de panique, du calme, respire un grand coup, prends la position du lotus avec toutes les simagrées à la con qui sont supposées transformer un épileptique cocaïné en bouddhiste zen gras du bide. Si le vent tourne, à rester contracter de la sorte, tu vas avoir le front sillonné comme un champs de blé avant la couvraille, la tronche ridée, flétrie comme une vieille patate qui a passé l'hiver sans être dégermée, cette bobine de vieux parchemin tu vas la garder pour le restant de ta vie, faut faire gaffe à tes grimaces quand le vent tourne... allez, ne fais pas ces yeux furibonds, oui tu l'auras ta revanche, tu seras ma dernière invasion... Fais pas la gueule, je déconne... Tu zyeutes around and around comme un malade, tu ne me vois pas, normal, je suis dans ta tête, à l'intérieur de toi, tu ne veux pas que je me caille les miches dehors, non plus. Comment je fais ? Tu vois la larve miracidium de la douve du foie, le truc qui te distomatose à mort les canaux biliaires. Larve qui entre sans frapper dans une fourmi, prend le contrôle de son cerveau... Une fourmi, oui j'ai nommé une fourmi, mais si, tu sais quand même ce que c'est qu'une fourmi, te prétends pas plus ignare que tu n'es, il n'y a pas de caméras, je ne réalise pas de casting pour la télé réalité... fais un effort, tu vois, non ? La fourmi, l'insecte de l'ordre des forlicidés... souviens toi, pendant que tu mords à pleines dents dans ton sandwich jambon gruyère crudités, celui avec la mayonnaise qui te coule de chaque côté du menton, que t'as toujours en plus le bout de feuille de laitue qui se colle sur ton incisive, c'est la petite bestiole qui vient avec ses copines te pincer le cul alors que t'as le fion confortablement posé sur ce petit monticule qui domine dans l'herbe en été, que t'as trouvé que ce serait plus confortable, que t'as toujours le chic pour choisir une fourmilière comme endroit pénard pour y poser tes miches les jours de pique-nique... que leurs morsures te brûlent comme si tu t'étais caressé l'arrière train avec des orties, sous la douleur tu siffles plus que trois fois, que ta peau n'aime pas ces frictions à l'acide méthanoïque...

  Où en étais-je... oui, à la fourmi qui se fait ordonner par la douve de grimper au sommet du brin d'herbe, de ne plus bouger de toute la journée, pour avoir la chance de se faire brouter par une ouaille à toison équipée de quatre pattes. Parce que, ta douve, dans sa fourmi, elle est en panne d'évolution, lui faut d'urgence se pointer dans un mouton pour pouvoir continuer son développement de putain de parasite. Si ce con d'ovin passe à côté sans croquer le dicrocoelium dentriticum

Le bœuf, le crabe et les vers de terre

planqué dans la formica fusca, le soir venu, le preneur d'otage libère la bestiole sous influence, la laisse retourner casser la croûte à la fourmilière, tailler la bavette en tricotant des antennes avec ses copines inhabitées certes, mais plus bronzées... quartier libre jusqu'au lendemain matin qu'elle lui donne, puis au réveil, quand le soleil revient taquiner les gouttes de rosée posées sur les toiles d'épeires diadème, que les éphémères déroulent leurs trompes dans les calices, que les chauve-souris, après une nuit de débauche, regagnent leurs perchoirs dans la hantise du dérangement intestinal, (NDLA : les chauves-souris qui dorment la tête en bas ne redoutent pas de vomir pendant leur sommeil, pour elles, contrairement à Jimi Hendrix, c'est sans conséquences, alors qu'une diarrhée...) **que les amants fourbus se glissent sans bruit, les pieds froids, dans le lit conjugal où sommeillent leurs moitiés, des rêves de meurtres plein la tête...** Tout recommence, escalade d'un brin d'herbe, rêvasserie immobile jusqu'à ce que d'un coup de langue, de dent, le brin d'herbe hébergeur se retrouve entraîné dans la panse d'un brouteur à tendance bêlante. Arrive même à légèrement décolorer la fourmis qui devient d'un brun plus clair que ses congénères, pour que ça fasse plus gourmandise à mouton, que ça te prenne moins la chaleur du soleil... tu vois le pouvoir de ce petit truc, si petit que ton œil ne le calcule pas... Alors imagine, si tout ça est possible pour

Roman à tendance Instinctivisto-anarcho-pamphlétaire agricole, ou pas

une petite connerie de bestiole de rien du tout... pour nous qui avons des millénaires d'avance sur vous... tu vois un peu l'étendue de nos possibilités... Je suis en toi, je dialogue directement avec ton cerveau, je l'ai testé, c'est pour ça que je n'utilise que des expressions simples... mon côté roi de l'adaptation, si t'avais eu le QI d'Einstein, j'aurais pu me laisser aller au vocabulaire plus précis, employer des mots que tu manies avec précaution, qui te chatouillent les tympans, qui te transportent aux frontières de l'extase, tellement ils sont rares et précieux, malheureusement je suis tombé sur toi, faut me faire une raison.

Le bœuf, le crabe et les vers de terre

Président de la raie publique

Chap 8

Arrête de hurler que tu deviens fou, que tu vas laisser tomber le pinard et les apéros, promettre que dès ce soir tu stoppes la fumette... Tu n'y peux rien, c'est comme ça, faudra-t-y faire mon gaillard. Pas la peine de te frapper la caboche, de t'arracher les tifs, de te griffer les joues, de te pincer le bras pour te vérifier l'éveil... T'es impuissant, tu n'as aucune prise sur moi, tu ne peux rien, comprends-tu ce que je te dis ? Tiens, je te donne un exemple pour te faire percevoir la réalité qui doit s'imposer à tes yeux incrédules... Tu es un peu comme un candidat à la présidence de la République Française devant le monde de la finance, tu tournes les bras, tu gesticules, tu vocifères, tu éructes, tu plisses le front, tu joues les terreurs d'estrades, tu fais les gros yeux pour que le peuple te trouve super à ses côtés, qu'il te croit partageur de ses souffrances, pense que t'as bien jeté l'ancre dans son océan, que les électeurs imaginent que t'es dans leur camp, que tu as les affres de vivre avec un SMIG, que le dix du mois tu as comme lui le porte-monnaie qui sonne le vide, la panse qui fermente gavée de minerai de viande sauce conservateurs, l'oreille épieuse du pas de l'huissier expulseur...

Quand tous ces cons l'ont élu, avaient bien un doute, toutes les fois précédentes s'étaient fait entubés les déposeurs dans l'urne du bulletin « fais ce qu'il te plaît, t'occupes pas de tes promesses ». L'électeur c'est le genre naïf, fait confiance par défaut, se dit que paroles d'élite c'est du « croix de bois croix de fer » et se fait baiser à chaque fois, chaque fois rebelote, est couillonné comme ce n'est pas permis, puis se refait la virginité de la naïveté, redevient puceau de la crédulité, reprend ceux qu'il avait viré comme des malpropres l'élection précédente, imagine qu'ils sont devenus l'opposé de ce qu'ils étaient, de ce qu'il détestait en eux, est câblé binaire l'électeur, a le jugement va et vient, l'imagination anémique, a été programmé comme ça depuis la petite enfance, dès le jardin d'enfants l'ont socialisé, comme ils disent, en le vidant de son intelligence, en ont fait un parfait pavlovien.

Le bœuf, le crabe et les vers de terre

Mais eux, les mecs de la finance, ne sont pas du genre à se laisser impressionner par du fort en gueule, de l'irascible provisoire, du comédien à contre emploi, du rougeaud harangueur, te convoquent la future carpette à l'heure qui leur convient, le jour qui les arrange, à l'endroit qu'ils choisissent pour lui dire : coco t'as fait ton numéro, t'as eu les applaudissements, t'as signé tes autographes, t'as pécho des meufs par hardes entières, maintenant tu replis ton costume de clown, tu le redonnes à la costumière et tu fais ce que nous t'ordonnons, sinon c'est vingt millions de chômedus de plus dans tes statistiques demain matin dès proton-minet... alors fais semblant d'être le décideur de ce que nous te demandons de faire, tu auras l'air moins con, faut bien tenter de justifier ton emploi fictif, ne faut pas que l'électeur devine les mains des marionnettistes qui s'agitent dans ton cul... tu vois, ce n'est pas compliqué... si t'es assez faux-derche, tu peux faire un excellent politicien...

Roman à tendance Instinctivisto-anarcho-pamphlétaire agricole, ou pas

Terrien tête de chien

Chap 9

Quel boulot pour se faire inviter par ces ploucs de terriens, sommes obligés de forcer un peu la main... Sont le genre à envoyer l'armée à la moindre visite de courtoisie d'un touriste extra-planétaire, te canardent aux missiles pour te souhaiter la bienvenue, t'explosent la gueule à la bombe à neutrons avant de te serrer la paluche, ont l'hospitalité belliqueuse, s'imagine que comme eux, tous les habitants de l'univers ont la découverte agressive, le tourisme impérialiste, la curiosité appropriative. Putain, le sens de l'hospitalité n'est pas ce qui vous caractérise le plus dans ce pays, vous chiez dans votre froc au moindre passage de vaisseaux inconnus, vous me faites penser à ces chihuahuas qui jappent en montrant les dents face à un dog allemand... si des gus se

Le bœuf, le crabe et les vers de terre

pointent d'une autre planète c'est qu'ils ont des milliers d'années d'avance technologique sur vous, alors calmos les terriens, malgré votre nœud rose dans les oreilles et vos jappements aigus, vous ne pouvez rien contre le dog, s'il veut, peut vous croquer comme qui rigole, contentez vous de l'accueillir avec calme et courtoisie... mais en restant digne, nom de Dieu, j'ai observé que vous avez une certaine facilité à offrir votre cul devant les puissants, genre clébard dominé qui montre sa soumission espérant qu'il n'y aura pas de consommation... n'auriez pas une tendance à affectionner l'idée de sodomie ?

Roman à tendance Instinctivisto-anarcho-pamphlétaire agricole, ou pas

Pas de panique, je suis de Kepler

Chap 10

Calme tes tremblements t'as les chicots qui castagnettent, on croirait que t'accompagne les Gypsy King, n'aies pas peur, t'es blanc à effrayer un drap de lit, à filer le traczir aux fantômes, je ne suis pas un terroriste, je n'appartiens pas à la bande Daesh, j'arrive juste de Kepler 186F comme tu la nommes... Prends pas cet air d'une poule qui vient de trouver un couteau Suisse, tu ne connais pas ma planète ? Putain qu'apprenez-vous les humains dans vos écoles, pour quels résultats usez-vous vos fonds de pantalons, l'école n'est pas là uniquement pour vous formater, vous transformer en gentils toutous qui remuent la queue sous la caresse de leurs maîtres, qui consomment où on leur dit de consommer, devrait aussi servir à vous ajouter deux ou trois connaissances dans la

Le bœuf, le crabe et les vers de terre

tuyauterie cérébrale ? A quoi vous intéressez-vous sur votre terre ? Il n'y a que la quantité de silicone qu'on incorpore dans les nibards ou le darge des pétasses de télé-réalité à QI de moules d'élevage qui vous passionne, la lecture de leurs tatouages, la localisation de leurs piercings, la grosseur de leurs implants mammaires, la forme de leur épilation pubienne ? La présence d'autres formes d'intelligence dans les univers vous laisse de marbre... Oui, j'ai mis univers au pluriel, pourquoi, toi aussi, tu es encore avec l'idée qu'il n'y en a qu'un, que la terre est le centre du monde, que Dieu est affublé de votre tronche de cake, ce n'est pas la modestie qui vous étouffe les terriens, toujours cette tendance mégalomaniaque, égocentrique. Ce que vous ouvre comme perspectives la découverte du boson de Higgs vous en touche une sans faire bouger l'autre, ce que les glyphes des Mayas racontent vous passe largement par dessus le béret... Je te briefe, Kepler186f est située à 492 années-lumière de votre planète de ploucs gesticulateurs peu précoces, tu vois que pour me pointer ici, même avec un vélo à assistance électrique, ça va prendre du temps, je vais me muscler le sartorius, le vastus intermedius et tous les bouts de bidoche dont les noms se terminent en « us » rangés dans mes mollets. J'ai intérêt à prévoir un petit en-cas et des bidons rafraîchissants pour le voyage, la discothèque complète des Rolling Stones pour que le trajet me paraisse moins long, imagine deux minutes le gus qui se goure et se prend tout Carla Bruni, te cite à comparaître devant la justice pour cruauté mentale, torture psychologique, s'il a survécu à la folle envie de se suicider pour échapper à cette tentative de crime contre l'ovnicité. Écoute, pour info, en taille, ma planète est légèrement plus grande que ta terre, elle tourne autour de notre étoile naine, plus petite et moins chaude que votre soleil. Nous sommes dans un système qui comporte cinq autres planètes, Kepler 186F présente toujours la même face à notre « soleil » que nous appelons chez nous Rhinus. La période de rotation de Kepler est synchronisée avec la période de révolution de Rhinus. La principale conséquence de ce phénomène implique que la moitié de ma planète est éclairée en permanence par la lumière du jour, tandis que l'autre moitié est plongée dans une nuit permanente. Pour compenser les différences de températures, entre la partie jour où il ferait super chaud et la partie nuit où tu te glacerais les rotules, souffle un vent constant qui apporte de la chaleur à la nuit, de la fraîcheur au jour, ce qui nous permet de vivre dans une température agréable, tu peux siroter ton mojito allongé tranquille en bermuda et T.shirt sur ton transat.

Le bœuf, le crabe et les vers de terre

Si je parlais de vous...

Chap 11

Je vous observe depuis des années, à ma grande surprise, vous me paressez ignares et étranges comme peuple, après votre siècle des lumières je vous croyais épris de connaissances, que vos cerveaux avaient enfin trouvés leur rythme de croisière, que les plus brillants entraînaient la masse derrière eux, que l'intelligence allait balayer, une fois pour toute, tous les obscurantismes... depuis, hélas, vos lumières ont dû s'éteindre faute de carburant, ou plus vraisemblablement, cet espoir de monde fraternel, solidaire, égalitaire, contrecarrait-il les plans des profiteurs et des exploiteurs, de ceux qui se voient maîtres du monde, de caste supérieure, privilégiés par héritage divin, qui se sont ligués pour faire repartir tout ce beau monde en arrière, maintenant vous ne vous intéressez plus qu'au paraître, vous voulez vous faire remarquer de vos contemporains par l'apparence, frimer, parader, épater, que du superficiel, ce doit être ce que vous appelez votre esprit « technicien-de-surface-mentale », pas de profondeur, vos éleveurs vous ont bien conditionnés à devenir de bons consommateurs corvéables à merci, plus rentable que d'élever des chèvres, vous vous trayez vous même, vous devenez si dociles, si malléables, ce serait une faute professionnelle que de ne pas vous exploiter... Question fond, question sens de votre existence, question logique, il vous reste de supers marges de progression, n'êtes pas ambitieux sur les objectifs, vous avez régressé depuis les Grecs de la période que vous nommez l'antiquité.

Le bœuf, le crabe et les vers de terre

Lambert le mouton bêlant...

Chap 12

Dans un autre domaine, votre peuple me surprend beaucoup, récemment vous décrétez un deuil national parce que trois débiles mentaux ont assassiné dix sept personnes au nom d'un soit disant Dieu qui n'est qu'amour de son prochain... à condition qu'il tienne aussi une kalachnikov... je ne dis pas que ce n'est pas horrible, inadmissible, intolérable... même si c'est exécuté assez tôt dans la journée pour alimenter en images les journaux télévisés, que ça fait de l'audience, que l'argent des publicités tombe dans l'escarcelle de l'actionnaire accablé par ces atrocités, fais vivre l'événement coco, tiens l'antenne, les PDM montent.... Devant ce spectacle où tu n'as même pas d'entracte, tu peux aligner tous les adjectifs soigneusement choisis qui font que t'as l'air super indigné quand tu les prononces, que tu regardes les autres en secouant la tête avec un air atterré qui veut dire : ce n'est pas possible de voir de pareilles choses à notre époque, un regard complice dans le malheur que tu prends à ton compte, complicité envers tous tes semblables qui n'était pas envisageable la veille, mais là, t'es prêt à organiser une marche blanche, à faire la pleureuse, tu fais ta minute de consensuel, pas pour compatir, mais pour faire savoir aux autres que tu compatis, qu'ils voient que tu le joues à la perfection, que t'as l'indignation chevillée au corps, devraient trucider plus souvent les bas de plafond déistes, ça te donne l'impression d'exister, te valorise, t'affiche avec la morale qui fait jolie dans les têtes, que c'est du miel pour l'ego... Je me demande si le pays se serait autant mobilisé s'il n'y avait pas eu des élites du scribouillage, de la célébrité anti-système qui en vit grassement, qui paye l'impôt sur la fortune, du révolutionnaire qui n'a aucun intérêt à ce que le monde change, qui s'accroche à ses privilèges comme une moule à son rocher, ils étaient d'ailleurs tous conchiés la semaine précédente par la bien-pensance, malgré leur réussite financière, n'étaient pas de leur monde, mettaient les coudes sur la table, ne mâchaient pas du mot châtié ces dessinateurs de petits « Mickey »,

Le bœuf, le crabe et les vers de terre

de bites polissonnes et de foufounes complices, étaient voués aux gémonies par la majorité des défileurs, arpenteurs de bitume, moutonniers bêlant, qui la veille les trouvaient vulgaires, grossiers, irrespectueux, scandaleux, avaient même défilé contre eux, la main dans la mains de la curaille extrême. N'avaient même plus de lecteurs pour leur fanzine les nouveaux sanctifiés du crayon, avant qu'Allah et sainte Kalachnikov ne reboostent leurs ventes, maintenant les survivants, des écus ils en ont le cul cousu... à force de faire croire qu'ils veulent changer le monde en partageant la vie luxueuse des exploiteurs, grâce au pognon qu'ils piquent dans la poche des exploités, la crédibilité s'amenuise, la contestation devient juste un fond de commerce, une posture... putain la mort te transcende, te fait le coup du « reset ». Des vieux qui gueulent contre la loi qui retarde l'âge de départ à la retraite et qui travaillent jusqu'à un âge où ils ruinent en bougies ceux qui leur souhaitent l'anniversaire, de peur de passer à coté de quelques liasses de biffetons, qu'ils leur en faut toujours plus, ça te file un coup dans la crédibilité révolutionnaire, t'as l'odeur de fourberie qui te pique les nasaux, l'impression que le camps des sociaux-traîtres est le dernier endroit dans le vent... ainsi va la vie...

Ce qui m'interroge, me pose questions dans votre sincérité d'apitoiement sur du cadavre encore chaud et saignant s'il est blanc, de look catholique et français... prends-le en contre-plongée coco, zoom, zoom, fais du gros plan, c'est dix points d'audience en plus... Jack-pot si t'en trouves un qu'a le calanchage photogénique, le rictus grimaçant qui fait super pitié, le hurlement de douleur apitoyant, allez shoot, shoot coco, faut nourrir les voyeurs, y a du pognon à prendre, on va se faire des couilles en or, n'hésite pas coco, file lui un coup de latte dans les côtes si ce moribond n'a pas la douleur assez expressive, n'a pas l'expression de terreur dans les yeux, n'a pas le clamsage assez vendeur, on est là pour du drame, de l'horrible qui fait mouiller la ménagère, fait bander le supporter footeux, ce n'est pas avec un gus qui te la joue dignité que tu vendras du papier, aucune agence ne te prendra le cliché... Dans le même temps, le même jour, là ce n'est pas une seule fois, pas un truc exceptionnel, c'est chaque jour que Dieu fait, quand il laisse le matériel génital de Marie tranquille, trois cent soixante cinq jours par an, même pas de pause pour les années bissextiles... en moyenne, douze personnes perdent la vie dans des accidents de la route, cent quatre vingt dix sont assassinées à coups de cancer du poumon par les industriels du tabac, une cinquantaine sont tuées par des

Le bœuf, le crabe et les vers de terre

mélanges médicamenteux prescrits par des médecins qui ont juré, craché, sur Esculape, l'Asclépios grec, mais qui ne sont pas insensibles à l'appel du délégué médical qui leur offre une formation aux Seychelles, propose de soumettre une étude bidon, réalisée par un grand ponte de CHU qui complète ainsi ses revenus, devant le menu gastronomique d'un trois étoiles... Là, personne pour défiler dans les rues, c'est du macchabée de seconde zone, les drapeaux flottent au vent, les patrons des firmes automobiles, des usines de cigarettes, de l'industrie pharmaceutique, roulent carrosse, font fortune, paradent, se font même attribuer des subventions par l'état, (que c'est toi qu'a filé le pognon avec tes impôts vu que t'es le seul con à ne pas savoir optimiser les revenus de ton salaire, même pas foutu d'investir un peu de ton SMIG dans l'immobilier de Saint Barth)... les actionnaires récoltent leurs dividendes et les réinvestissent dans les usines d'armement... vous avez la morale à géométrie variable lorsqu'il s'agit de faire de la tune... à la réflexion je me demande si vous n'avez pas l'indignation sélective, la réprobation panurgienne, la révolte téléguidée, le deuil mis en scène... tu vois ce genre de trucs n'a pas cours sur ma planète.

Roman à tendance Instinctivisto-anarcho-pamphlétaire agricole, ou pas

Et la génétique dans tout ça...

Chap 13

Quelle planète me demandes-tu ? Kepler 186F je t'ai dit, nous, nous l'appelons Briquebroque... La moindre des choses aurait été de nous demander comment nous l'appelions avant de l'affubler de ce nom ridicule, faut toujours que le Jo-la-Frime de la longue-vue donne son nom à tout ce qu'il découvre, pense qu'avant lui ça n'existait pas, ne se nommait pas, déjà tout petit il devait graver ses initiales sur le tronc des arbres, à l'école primaire, son nom était écrit jusque sur le zinc des pissotières collectives dans la cour de récréation, il le sculptait dans le bois de son pupitre d'écolier, dans la neige il se porte-plumait la quéquette pour, d'un trait jaune, l'incruster genre bas relief, le virgulait même sur le mur des chiottes à la turque... Concernant la poubelle sur

Le bœuf, le crabe et les vers de terre

laquelle vous vivez, nous, nous ne lui avons pas donné de nom, nous la désignons juste sous le vocable de poubelle, après observations, c'est ce qui nous a semblé le mieux la caractériser... nous trouvons que vous êtes un peuple de goujats vous les terriens... Ah, n'êtes pas un peuple ? vous êtes plusieurs peuples... je me disais aussi, j'ai observé que vous aviez plusieurs couleurs de peau, pour les blancs j'ai remarqué que pour la décoration fileuse du dessus de la tête, il y avait plusieurs catégories, des blonds de poil, des roux, des bruns, des auburn et pleins de nuances dans chaque couleur, pareil pour la texture, il y a des raides, des ondulés, des frisés, des crépus... même observation pour les yeux, des clairs du gris aux bleus en passant par le vert et beaucoup de marron et de noirs. Je n'ai vu aucun blond aux yeux bleus parmi les populations noires, ni chez les jaunes, pas de cheveux raides comme des baguettes chez les africains, pas de crépus chez les asiatiques ou les négroïdes de l'Inde... Votre seul point commun, toutes couleurs confondues, les yeux rouges et les cheveux blancs chez les albinos de toutes origines, même chez les lapins pour les yeux et la couleur du poil, et les cheveux blancs pour vos vieux à tous, ceux qui en gardent sur le caillou et qui vivent assez longtemps pour y avoir droit... Il doit y avoir plusieurs lignes de fabrication en parallèle pour la création de vos populations, si j'en crois les règles de la génétique. Si vous êtes tous originaires d'Afrique de l'est, comme vos théories l'affirment, explique moi le coup des yeux bleus si répandus au nord de votre planète, qui sont un caractère génétique récessif... tu crois qu'il y en avait au début, et qu'ils ont été chassés d'Afrique avant de venir blanc, l'autochtone africain faisait une allergie au bleu, au clair, les a tous expulsés, genre charter ? Ou Dieu s'est pointé pour faire une modification les a blanchi, blanc c'est plus lumineux, tu t'emmerdes moins pour trouver le bon éclairage, le chef opérateur s'arrache moins les cheveux, puis leur a bleui les mirettes, trouvait que ça passait mieux à la télé, pour que plus tard tu puisses ne voir qu'eux dans les films et les séries ? Ce qui surprend, c'est qu'il y a autant de cons dans chaque pigmentation de peau, que plus les groupes se réclament avec force d'une invention, d'une abstraction qu'ils nomment Dieu, plus ce nombre tend à s'accroître... Plus cette fameuse idole est annoncée débordant d'amour pour les humains, plus ses adeptes trucident joyeusement tous ceux qui admirent la même abstraction mais customisée différemment, la guerre des brevets d'inventions pour l'inimaginable a l'air de faire rage de nos jours, tous se battent pour affirmer le monothéisme, le seul, le vrai, le leur, qu'est

Le bœuf, le crabe et les vers de terre

plus amour que celui du voisin, et je te pète la gueule si tu dis que le tien est encore plus amour que le mien ? N'est-il pas ? Quand je pense que vous trouvez le moyen de vous diviser en plusieurs peuples, en encore en un plus grand nombre de nations sur cette petite planète. N'avez-vous pas le sentiment d'avoir de l'étriqué comme ambition, du petit bras comme horizons, du pas plus loin que le bout du nez comme vision, même pour ceux qui en ont un grand... plusieurs peuples sur Poubelle c'est à s'en battre les côtes, s'en taper sur les cuisses, se pisser dessus comme vous le dites dans vos expressions des plus imagées pour traduire ce que vous croyez être le propre de l'homme... Permets moi juste de te dire que je ne vois pas un peuple pour relever l'autre, tous dans le même panier, que du médiocre, du à la petite semaine. Tu penses vraiment que si votre fameux Dieu existait, il aurait envie de se montrer en compagnie d'une telle bande d'Asshol, aurait la honte, marcherait dix pas devant pour ne pas se compromettre, ferait mine qu'il ne vous a jamais vu, pour passer pour un con dans le reste des univers, n'a qu'à s'afficher en votre compagnie pendant dix minutes, sa réputation est niquée pour l'éternité.

Roman à tendance Instinctivisto-anarcho-pamphlétaire agricole, ou pas

Luxe et voluptée...

Chap 14

Vos coutumes aussi sont curieuses, j'ai remarqué que dans votre pays dit des droits de l'homme, qui se revendique développé, de haut niveau de vie, il y a des tas de gens qui en hiver préfèrent dormir à la belle étoiles, affronter le froid, la pluie, l'insécurité, la loi de la jungle, blottis sous des cartons dans des tenues pour le moins inappropriées, d'une hygiène approximative... alors que dans le même temps j'ai découvert des chambres d'hôtel avec piscine, jacuzzi, solarium, offrant des corbeilles débordant de fruits exotiques de toutes sortes, que tu dégustes avec l'impression de miel qui te coule dans la gorge, des bouteilles de vins de vos plus grands crus offertes aux occupants, vin qui te flattent les papilles, que tu bois après l'avoir fait tourner dans ton verre ballon,

Le bœuf, le crabe et les vers de terre

que tu le regardes avec amour, que tu le humes, que tu le grumes avant de le boire par petites gorgées en le réchauffant quelques secondes dans ta bouche pour en découvrir toute l'expression aromatique, des mets d'une extrême délicatesse cuisinés par des brigades sous le commandement de chefs étoilés par des revues qui semblent vachement s'y connaître en boustifaille que tu manges en fermant les yeux de plaisir, que c'est pas n'importe quel pue-la-sueur qui peut y accéder, œuvres gustatives que tu peux te faire servir à n'importe quelle heure du jour ou de la nuit par des loufiats serviles habillés comme dans des films de cape et d'épée. Le pognon achète tout, surtout la dignité des autres, le dessus du panier se délecte à chier sur le fond... Dans ces hôtels, certaines suites, c'est le nom qu'ils donnent à un genre d'appartement avec des équipement que toi tu n'aurais pas imaginés qu'ils puissent exister, suites équipées sur demande de femmes lascives, qui offrent au sexe à la turgescence boostée pharmaceutiquement de vos politiciens et dirigeants d'entreprises multinationales, l'hospitalité ointe de leur anus en guise de bienvenue... J'imagine que c'est culturel, je ne discute pas vos coutumes, si comme : la corrida, le dopage des coureurs du tour de France, le gavage des oies et des canards, les promesses jamais tenues des politiciens, la connerie portée aux nues dans vos télévisions privées... c'est culturel, on doit s'incliner, on ne modifie pas en un jour des milliers d'années de traditions... alors que pendant ce temps là, à quelques mètres de ces établissements d'un luxe outrancier, vos adeptes de la belle étoile se jettent goulûment sur de vieux quignons de pain qu'ils trouvent dans les bacs à ordures, tellement avides qu'ils en oublient de garder le petit doigt levé dans un dernier sursaut de distinction, un reste de savoir vivre aristocratique, une mince couche de dignité qui aurait survécu, boivent un liquide rougeâtre à même la bouteille plastique, liquide qu'ils nomment pinard, gros qui tache, picrate, jinjin, jaja... puis après avoir copieusement éructé, s'essuient la bouche du revers d'une manche de leur pardessus râpé... snobent même l'avenue Montaigne pour s'habiller, pourtant ce n'est pas les magasins de fringues de bonne coupe qui manquent, de Dior, Chanel, Gucci, Armani, Prada, Valentino en passant par Nina Ricci t'as le choix pour te mettre la crasse en valeur, d'écrins tapageurs pour te présenter la viande... n'ont déjà visiblement pas de goût pour la gastronomie, ni pour la distinction, pas plus que pour l'élégance, ne sont même pas attirés par les ablutions, répugnent à se faire cajoler la peau par des bulles dans un bain chaud diffusant les

Le bœuf, le crabe et les vers de terre

extraits apaisants de sels de bains aux fragrances délicates ? Tu le crois ou non, ne sont attirés ni par le luxe, ni le confort extrême, pas plus par des croupes accueillantes, en un mot ne savent pas vivre... Quand tu en arrives à ce niveau, il n'y a plus qu'à tirer l'échelle... Tu dis non, ce n'est pas par goût, par idéologie, par snobisme, ni par anticonformisme... ils n'ont juste pas d'argent, n'ont pas le choix... Je croyais que tu habitais le pays des libertés, de l'égalité, de la fraternité, du cassoulet et des droits de l'homme... Je comprends, cette référence n'est qu'une publicité, un slogan pour attirer les gogos, pour faire le fier à bras dans les réunions internationales, c'est la seule chose qui vous reste pour vous distinguer des autres, pour ne pas tomber dans l'anonymat, un héritage dilapidé au fil des ans que vous faites semblant de posséder encore, pour un résidu de considération en souvenir de la grandeur passée... Comment les appelles-tu les dormeurs à la belle étoiles ? Des SDF, Sans Domicile Fixe... vivent un peu comme les milliardaires, les stars du cinéma, qui passent d'un palace à un yacht, d'un jet privé à une luxueuse villa aimablement mise à leur disposition, ou encore les exilés fiscaux... tu dis en moins riches, ne vont que du trottoir au foyer d'accueil, du foyer d'accueil aux chiottes de la gare... voyagent aussi, mais sont plus

Roman à tendance Instinctivisto-anarcho-pamphlétaire agricole, ou pas

parcimonieux question émission de CO^2, ont la pérégrination moins ostensible... Ça semble important l'argent chez vous... c'est votre religion, votre Dieu est pognon, vos Saints se nomment chéquiers, carte Gold, biffetons de 500€, vos temples ont pour nom banques, agents de change, bourses, traders... étrange, ça n'existe pas chez nous.

Le bœuf, le crabe et les vers de terre

Je rebondis sur...

Chap 15

Une autre de vos conceptions m'interpelle au niveau du vécu, comme c'était la tendance de le dire il y a quelque temps chez les pseudo-intellos médiatiques... suivi de « tout à fait », maintenant la mode est à « je rebondis sur ce que vient de dire »... Curieux, si un connard prétentieux pour se la péter sort en letmotiv une expression qui ne veut rien dire, inutile dans la conversation, tu peut être certain que le flot des péroreurs médiatiques prend sa planche pour surfer dessus, se posent comme les branchés du moment. Lorsque vous étiez mômes, il y avait la mode des osselets, des billes, des mosaïques, des yoyos, des courses de Dinky-toys, de la marelle, du hula hoop, qui revenait périodiquement,

Roman à tendance Instinctivisto-anarcho-pamphlétaire agricole, ou pas

mystérieusement dans toutes les cours d'écoles au même moment... adulte vous remplacez les jeux par des expressions sans l'excuse ludique... vous devez avoir des gènes d'ovis aries pour panurger de la sorte... Rabelais vous avait déjà bien observé.

Le bœuf, le crabe et les vers de terre

Je suis un extra-terrestre...

Chap 16

Je reviens à mon propos initial, vous, les humains, recherchez la présence de vie extra-terrestre dans l'univers en imaginant des petits hommes verts, rouges ou bleus, vous les représentez sous formes de bestioles étranges pour ne pas dire bizarres. Des données importantes vous échappent pour rendre crédible vos théories, en excluant le cas où les voyageurs de l'espace viendraient d'un autre univers, d'un autre espace temps, que le sas de passage d'un univers à l'autre se trouve planqué du côté de la face cachée de la lune, dans ce cas, ne leur faudrait qu'un sac à dos et deux sandwichs, mais prenons l'autre hypothèse ...

En premier lieu, le temps du voyage. Lorsque tu as

Roman à tendance Instinctivisto-anarcho-pamphlétaire agricole, ou pas

des millions d'années de transport, t'as intérêt à te prendre la collection complète de la Pléiade, les bouquins d'Alain-René-Poirier pour en corriger toutes les fautes d'orthographe, que ça va te prendre la majorité du temps du voyage, deux ou trois sudokus, te faut éviter les maladies graves parce que le « 15 » est aux abonnés absents, comme les besoins de traitements lourds avec le scanner et la bombe au cobalt, faut aussi penser à composer des couples pour la reproduction, sinon tu finis qu'avec du passager en décomposition, ne prends pas une femme qui n'accouche que par césariennes mais une aux hanches larges qui te pond du niard les doigts dans le nez, même Mathusalem ne vit pas assez vieux pour voir le terminus, s'il est monté au départ du voyage, te faut prévoir du remplaçant. Je n'ose même pas imaginer la tronche des arrivants, si les extra-terrestres sont d'un modèle voisin du votre, après des milliers d'années passées dans la soucoupe, les résultats de la consanguinité devraient être passionnants... Tu commences à comprendre pourquoi les Ovnistes ne se montrent jamais, passent en discrets, n'apparaissent qu'à de l'éméché ou du farfelu, alors qu'au départ pensaient passer en frimeurs, comme vos guignoles, qui se la pètent lorsqu'ils ramassent le pognon à la pelle en te vendant hors de prix des marques sensées t'apporter de la valorisation sociale,

Le bœuf, le crabe et les vers de terre

marques qui se contentent de te cataloguer dans la caste du gogo, des prétentieux déambulant le bras à la portière de leur Porsche Cayenne, la Rolex en évidence, les Ray-Ban en serre-tête dans les cheveux et le bronzage insolite pour le climat de Deauville.... ne doivent même plus avoir envie de retourner chez eux les extra-terrestres consanguins... ont trop peur que ceux restés sur la planète mère se foutent de leur gueule en voyant le résultat de leur évolution, des dégénérés décalcifiés, un peu comme vos Aristocrates fin de race issus de coït incestueux, à la lueur de cierges, entre cousins germains, élevés à l'hostie traditionaliste et au vin de messe coupé d'eau bénite.

En second, les contingences alimentaires, tu dois prendre un caddie super grand pour contenir la totalité de tes courses pour les trois prochains millions d'années, prévois un ravitaillement gigantesque avant de partir, n'oublie pas de penser à un bon ouvre-boîte et un tire-bouchons. Après ton départ, dans le cosmos, les grandes surfaces sont assez rares, si t'en trouves une, pas sûr qu'ils acceptent ta carte de payement, prend de la monnaie sur toi et quelques verroteries pour le troc, vont pas te faire crédit, pas la peine non plus de réclamer la carte de fidélité du magasin, s'ils n'ont que toi comme client, après ton départ, peuvent se tirer pour se mettre

Roman à tendance Instinctivisto-anarcho-pamphlétaire agricole, ou pas

les doigts de pieds en éventail dans la station balnéaire vacancière de leur choix, ont même le temps de préparer l'examen de professionnel du farniente avant ton prochain passage, tu te fais plus rare que de la comète question fréquence pour repointer ta tronche. Dégivre bien ton frigo, va être plein jusqu'à la gueule, évite les victuailles à tendance diarrhéiques, les nids à staphylocoques, salmonelles et autres shigelles... tu ne peux pas surcharger ta soucoupe en papier cul, prévois même du met constipatif pour limiter les volumes du fécal, l'univers à beau être infini, ce n'est pas une raison pour le transformer en fosse septique... si tu vidanges dans le vide tu peux revivre ta mésaventure, lorsque entre deux mouvements de crawl, tu larguais discrétos dans la mer, le trop-plein de ton ampoule rectale, que ça fasse comme à la plage, que tu te retrouves avec de l'étron affectueux qui rechigne à t'abandonner, qui te suit à la trace, qui te regarde avec de l'amour dans les yeux, le genre pot de colle qui flotte en ta compagnie.

Question ressources énergétiques, te faut faire le plein jusqu'à ras bord de ton réservoir, accrocher à l'arrière de ta soucoupe la remorque Erka que t'emplis de jerricans, que t'en ajoutes même sur ta galerie de toit, vaut mieux être prévoyant, t'es pas sûr de la qualité du carburant que tu vas trouver chez les primitifs à

Le bœuf, le crabe et les vers de terre

découvrir.

    Un autre point ne permet pas de rendre crédible l'aventure, comment intéresser à votre planète des êtres, vivant à des milliers d'années lumière de vous, êtres qui au moment de leur prise de décision, même si leur technologie avancée leur permet la chose, n'ont d'informations de la terre que ce qu'il y avait des milliers d'années plus tôt, pour ne pas dire des millions d'années avant notre année 2015. Déjà se coltiner un voyage aussi long, sachant que tu vas devoir faire l'accolade à un connard hystérique à tics et talonnettes, flanqué d'une glousseuse aphone réceptacle à gamètes de tout le show-biz, un scootériste priapique doté du charisme d'une courgette avariée, une ménagère teutonne sexy à te faire débander un régiment de séminariste en surdose de tadalafil, une reine britiche, habillée en permanence par les stylistes créateurs des gilets de sauvetage fluorescents servant à se faire repérer en cas de naufrage par gros temps au milieu de l'océan pacifique, avec en prime, sa famille pour qui l'intelligence est une vulgarité, des dirigeants ricains qui crachent en l'air contre le vent et s'étonnent de se prendre le glaviot dans la tronche... Tout ça ne te motive pas vraiment, mais si en plus tu crois te pointer pour serrer les pinceaux de tyrannosaures,

Roman à tendance Instinctivisto-anarcho-pamphlétaire agricole, ou pas

brontosaures et autres diplodocus, que tu risques de te faire chier sur l'épaule par du ptérodactyle provocateur, qu'à côté la fiente de pigeon fait anecdote, ça va refréner tes ardeurs, te filer un coup de frein à l'empressement. Maintenant réfléchis une minute, rebranches tes synapses, fais toi du brainstorming en solitaire, qu'est-ce qui peut voyager indéfiniment sans avoir besoin de carburant, de nourriture, qui ne meurt jamais de soif, qui est insensible à l'âge, aux maladies, qui se fout de la durée du voyage, en un mot qui est immortel ?
-Dieu ?
-Non, pas Dieu, n'existe pas, sinon qui l'aurait créé ? Super Dieu lui même créé par extra-super Dieu... Question déplacement n'est pas le plus rapide non plus ton fameux Dieu, il y a longtemps que personne n'a vu sa binette, depuis que deux ou trois illuminés ont affirmer lui avoir tenu le crachoir, ne fait pas preuve d'une grande assiduité pour venir aux réunions de son conseil d'administration, à Monothéisme-et-Foutage-de-Gueule-Inc, est encore moins présent qu'un sénateur aux séances plénières. Entre nous, personne n'a demandé un taux d'alcoolémie ni une recherche de psychotropes aux soit-disant prophètes de toutes marques, avant de prendre pour argent comptant le résultat de leurs élucubrations. Devait correspondre à un besoin de masquer des

Le bœuf, le crabe et les vers de terre

ignorances, dès que tu n'as pas de réponse à une question, pour ne pas passer pour un con aux yeux de tes vassaux, lorsque tu es détenteur d'un pouvoir, tu te retranches derrière « c'est la volonté de Dieu » et roule ma poule, tu claques le bec de l'impertinent qui veut poser des questions au dessus de sa condition de larbin qui ferme sa gueule et se laisse manipuler.
-Superman, Spiderman ?
-Non, les ondes ! Voilà ce que vous devez prendre en compte, les extra-terrestres sont des ondes, c'est pour ça que vous ne nous voyez pas, pourtant nous sommes partout autour de vous, ce qui vous donne cette impression de nous ressentir.

Roman à tendance Instinctivisto-anarcho-pamphlétaire agricole, ou pas

Je vibre pour vous...

Chap 17

Pour nous réincarner nous vous utilisons, par des fréquences vibratoires nous pouvons modifier les informations de vos brins d'ADN ou d'ARN lors de la synthèse de vos cellules, pour que vous fabriquiez, à votre insu, des représentants de notre planète. Des prions, des virus, des cancers... t'appelles ça comme tu veux, sont juste là pour faire émettre par votre cerveau les ondes contenant les informations que nous récoltons. Vous les humains n'êtes qu'un avatar provisoire, une version améliorée du poste à galène... Contrairement aux êtres vivants, les ondes, elles, sont immortelles, elles sont la mémoires des univers, le vôtre et ceux que vous découvrirez un jour si vous ne vous auto-détruisez pas avant.
-Puisque tu es déjà en moi, que vas-tu me fabriquer ? Un

Le bœuf, le crabe et les vers de terre

virus, un prion, un cancer ?
-Tu m'es sympathique, je vais me contenter d'un cancer, tu sais, ce n'est pas par malice, ni pour t'être désagréable, juste la façon la plus douce pour toi, de créer les ondes qui apporteront les informations à mon peuple, peuple qui attend le résultat de mes explorations.
-Quelles informations vais-je servir à transmettre ?
-Toi, tu ne seras le vecteur que du contenu de ton cerveau, je crois qu'ils vont pouffer, rire, s'esclaffer à s'en bleuir les cuisses, pisser sur eux, en les découvrant, parce-que question foutoir dans les boyaux de la tête, dans ton cas, on frise l'inimaginable, le cas d'école, la rareté que chaque collectionneur de bizarreries se doit de posséder s'il veut rester crédible.
-Merci, fais moi passer pour un bouffon aux yeux de tes copines Ondes ! Pourraient penser que pour se tordre les boyaux, risquer la luxure des zygomatiques, se dilater la rate, il y en a qui se font envahir de cellules néoplasiques, qui vont subir la brûlure de la tripaille au cobalt, devenir glabre à la molécule chimique.
-Ne te vexes pas, les extra-terrestres faisaient rire aussi dans le film « la soupe aux choux »... chacun son tour.
-Se marraient certes, mais personne ne leur entrait dans les entrailles pour les détruire à petits feux de l'intérieur,

repartaient même réjouis les petits hommes verts, devenaient des addicts de la soupe de brassicacées, en avaient la panse reconnaissante, les boyaux qui chantaient de plaisir, la flatulence conviviale.
-Pour toi, je ne vais pas me montrer exigeant, même un petit cancer, du moment qu'il émet les ondes nécessaires, peut me contenter, je n'ai même pas demandé qu'il soit finalement mortel, faut laisser le suspens, donner du piment à ta vie, ou des espelettes à ta mort.
-Ai-je le choix parmi les crabes ? je peux opter pour celui qui ira le mieux avec ma garde robe, je ne voudrais pas faire de faute de goût, si tu me files un truc au foie qui me donne le teint trop jaune, je vais avoir l'air con dans mes tenues bleu-marine, je serais obligé de me commander une tenue de bouddhiste, changer sa garde robe fait des frais, t'as pas prévu d'indemnités compensatoires ? C'est vrai que les notions de rentabilité ne font pas partie intégrante de ton fonctionnement mental... T'as la carte des cancers à me présenter, même celle qui ne comporte pas le prix, juste par curiosité ?
-Non, ce ne serait pas amusant, je ne te révèle pas ce que j'ai choisi pour toi, d'ailleurs je n'ai encore rien choisi, pas plus que je n'ai fixé le moment où je me déciderais à l'activer.
-Le coup de la douve qui prend le contrôle du cerveau de

Le bœuf, le crabe et les vers de terre

la fourmi m'inquiète, qui me prouve que tu ne vas pas me faire la même chose, me faire exécuter des actes que ma morale réprouve, me transformer en cul-bénit, me faire militer dans un parti de droite, où pire, mon cauchemar, chez les socialistes... Je suis sûr, que toi et ta bande, vous leur squattez la tronche depuis 1920 aux socialos... des mecs de droites qui affirment partout sans rire qu'ils sont de gauche... avoue, vous leur avez fait le coup de la fourmi ?
-T'as raison de poser la question.... je vais le faire.
-C'est dégueulasse, ma liberté où est-elle ?
-Où as-tu vu des hommes libres ? C'est juste une illusion, même les plus incroyants, les plus anarchistes sont dépendant de leur système physiologique, de leur environnement... qui peut en prendre le contrôle ?
-Tu me prends la tête, laisse moi le temps de me faire à l'idée de ce que tu viens de m'annoncer. Je vais m'asseoir sur cette pierre de taille, regarder l'univers au fond des yeux, faire le vide, me débrancher les circonvolutions, prendre le temps de laisser vivre mes cellules sans contre-partie.

Roman à tendance Instinctivisto-anarcho-pamphlétaire agricole, ou pas

Histoire d'ondes...

Chap 18

Putain, v'la Ondes qui veut m'offrir un cancer, je ne peux prévoir son choix, te fout du suspens à sueurs froides qui te mouillent le dos, se prend pour Hitchcock, moi qui ne gagne jamais rien aux tombolas, aux divers loteries, lotos et autres tirages au sort, je vais peut être avoir la chance de tomber sur le gros lot. Faut pas rêver, avec mon cul qui n'est pas bordé de nouilles, je vais me farcir à tous les coups du subalterne, du cancer de petit joueur, de celui qui fait rire. Pas de panique, calmons-nous, me faut faire le point, quelles sont les possibilités, les options, parce-que pour le même crabe, t'as des lauréats qui font survivants, qui se l'apprivoisent avant de le chopper sournoisement, de le découper suivant les pointillés et de le jeter dans un bocal rempli de liquide de

Le bœuf, le crabe et les vers de terre

Bouin pour le noyer, comme tu fais pour les petits chats quand minette qui se commet avec du chat de gouttière te pond du bâtard, d'autres qui se la jouent macchabée, qui abandonnent avant la fin du premier round, qui se complaisent dans le costard du maigrelet à teint gris, qui s'affublent du chapeau de feutre pour se remplacer les tifs, cheveux qui se sont caltés en compagnie des poils à la vue de la première molécule de chimiothérapie, tout ce cirque pour finir par faire le mort, pas celui du bridge, mais du vrai, que tu finis entre des planches de sapin, de chêne pour les prétentieux ou en poudre à ta sortie de l'incinérateur. Je vais peut être en gagner un gentil qui te laisse mourir de ta belle mort, c'est peut être déjà Ondes qui m'avait offert le carcinome épidermoïde de mon tarbouif, que pour boucher le trou occasionné par son départ, le dépeceur a dû me découper de la peau, de l'œil jusqu'au milieu du front, lambeau qu'il a fait glisser, comme une nappe sur une table, pour me regreffer le tout sur le pif, que maintenant j'ai du sourcil qui me pousse dans le coin de l'œil... Eh ! Je l'ai échappé belle, imagine que l'As du bistouri ait eu l'idée de me prendre de la peau sur les fesses, moi qui ai l'odorat sensible, je passerais ma journée à sentir mon odeur de cul, en prime pour le côté esthétique, à me voir pousser des poils frisottés dans le coin de l'œil. Si Ondes opte pour du carcinome plus malfaisant, du spécial qui te fait déguster un maximum, que tu subis des traitements avec épilation totale et coiffure de chauve en prime, qui te transforme la fourrure en cuir, que tu deviens velu comme un lavabo, que tu vomis même ce que tu n'as pas encore mangé, que tu prends de l'avance sur le gerbage programmé, que t'avales de la chimie qui te donne une couleur qui n'existe pas dans l'arc-en-ciel, que t'as pas besoin du régime Ducan pour retrouver la ligne, que tu peux passer ton examen radiologique juste en te tenant devant une flamme de bougie pour te voir au travers, t'observer grouiller l'intérieur, que tu snobes le rayon X, que des fois tu te demandes si incinération ne serait pas plus doux comme traitement, mais qu'à la fin de la troisième manche, tu lui niques la gueule au crabe, que tu lui extermines jusqu'à sa dernière cellule carcinomateuse, qu'heureusement au départ du match tu en avais plus que lui, de la réserve de cellules qui sont bonnes, ce qui t'a permis la victoire par épuisement du combattant adverse. Mais si Ondes te gratifie du plus teigneux, du qui te regarde avec cet air renfrogné que tu sais qu'il ne te fera pas de cadeaux, qui te malmène la pijarne de la même façon que le malfaisant, mais qu'à la fin c'est lui qui empoche la victoire, que tu pars rejoindre la tribu de tes

Le bœuf, le crabe et les vers de terre

ancêtres, maigre comme un mannequin de défilé de mode, les fesses décharnées, profilées pour chier dans les burettes à col de cygne des pharmaciens de l'ancien temps, la peau parchemin, les yeux déjà ailleurs, que tu deviens cobaye de l'industrie pharmaceutiques, qu'ils te font ingurgiter de la molécule qui te fait phosphorescent même le jour, qu'ils arrivent à te modifier tellement que lorsque tu te croises tu ne te dis pas bonjour, tu ne te reconnais pas, si tu te cognes, tu t'excuses, te demandes pardon, tu ne sais pas que c'est toi... Tout est possible, la roulette russe du pistolet chargé aux crabes de tous calibres. Remarque si Ondes me laissait choisir, je ne sais pas pour lequel me décider. Si tu prends du gentil, que tu ne crains rien, du qui te laisse mourir tranquillement d'une rupture d'anévrisme, d'un infarctus, écrasé par un bus ou pour les plus terre-à-terre qui flirt avec du clostridium tetani, que tu trismuses, t'opisthotonoses avant de finir des spasmes en fin d'apothéose, dans la poussière les bras en croix... Si t'as du gentil, t'avoueras que pour du cancer, c'est le genre entrée de gamme, du premier prix, juste pour appâter le client, avant de le ferrer pour le faire monter en gamme et lui refourguer toutes les options, si tu restes sur du premier prix, tu passes pour un petit joueur, le mec qui picore, qui ne

Roman à tendance Instinctivisto-anarcho-pamphlétaire agricole, ou pas

prends que les échantillons, que tu perds de vue ta fin programmée, ton compte à rebours se fige, tu retournes dans le camp de ceux qui ne connaissent plus l'échéance, alors que t'es même pas sûr d'avoir plus de temps à vivre devant toi que celui qui a choisi cancer du poumon, du foie ou du pancréas, le choix de l'homme qui ose tenter l'extrême, qui prend du sucre dans son café, pas de l'aspartame dans son décaféiné, qui boit du lait entier par bols pleins à ras bord, pas de l'écrémé en nuage sur une tasse de thé, qui mange le gras de l'entrecôte et sauce le beurre de cuisson, pas des steaks de soja avec un pois de margarine allégée, qui roule à moto sans casque, pas habillé en cosmonaute.

T'en as des, qui te disent qu'avant la mort, pour tes derniers instants, tu vois, en quelques secondes, défiler toute ta vie devant tes yeux... remarque, s'ils peuvent le raconter, c'est qu'ils ont vécu de la mort réversible, de celle où le voyage t'as gonflé, t'as fait demi-tour, que tu veux te faire rembourser le billet... c'est peut être juste pour faire le malin qu'ils te racontent cette fable avec le coup de la lueur, du tunnel, et autres images tirées des mythes communs aux différentes civilisations avec les enfers et tout l'attirail des contes et légendes antiques. Le vrai calanché ne confirme pas, reste bouche cousue, ne partage plus rien avec ses semblables, fait juste copains

Le bœuf, le crabe et les vers de terre

avec des diptères du voisinage, puis se transforme en nurseries pour leurs progénitures... bien sûr, j'évoque ceux qui n'ont pas opté pour la crémation, juste les pas frileux qui ne cherchent pas à se réchauffer les miches sur les brûleurs du crématoire, les amoureux du règne animal qui, dans l'élégance du dernier geste, veulent nourrir les astobloches en échange de papouilles, parce que tu peux dire ce que tu veux sur l'aspect peu ragoûtant de l'asticot, tu ne lui enlèveras pas son côté taquin, voir primesautier, sa tendance à te gigoter sous la peau pour te chatouiller. Un conseil en passant si tu es de cette dernière catégorie, assume ta responsabilité écologique, évite toute prise de médicaments les quinze jours précédant ton trépas, pense que le monde des boustifailleurs de cadavres ne souffre pas forcément des mêmes affections que toi, ne nécessitent pas les mêmes dosages, voir les mêmes traitements, imagine les effets d'un hypotenseur sur un asticot qui se balade déjà avec deux de tension, d'un anticoagulant sur un grignoteur de faisandé hémophile, les effets dévastateurs de l'aspirine sur l'agrégation des plaquettes du ver de terre qui se fait sectionner d'un coup de bêche, va se vider comme un porc qu'on égorge, comme un impie sous les sabres de Daech, prépare tes oignons, ton ail et ton persil avant de mettre ta gamelle dessous si tu veux

Roman à tendance Instinctivisto-anarcho-pamphlétaire agricole, ou pas

manger de la sanglette... les défenseurs de la cause animale t'en seront reconnaissants, tu te fais Brigitte Bardot, Mylène Demongeot et toutes les nullipares, les mémères à chats, les enragées de la cause animales, comme copines.... De Cheval.... Faut terminer comme on a commencé, dans la médiocrité...

Le bœuf, le crabe et les vers de terre

Et si c'était vrai...

Chap 19

Le coup de ta vie qui défile à toutes blindes sous tes yeux, juste au moment de ton dernier souffle, me tournicote dans la cafetière, on ne sait jamais, si c'était vrai, si j'oubliais des trucs, surtout avec ma mémoire souvent défaillante, sont foutus de me recaler à l'examen, t'as pas de deuxième chance, t'es dans la vraie vie, ou la vraie mort, tu ne peux pas dire « cette prise n'est pas bonne, on la refait, tout le monde en place », ce n'est pas non plus le bac, avec une sessions de rattrapage pour ceux qui vont être privés de surf, de bain de minuit, de boîtes de nuit, de cocaïne et de coït récréatif pour les grandes vacances, c'est du « one-shoot » man, comme disait le hérisson descendant penaud de la brosse à laver

Roman à tendance Instinctivisto-anarcho-pamphlétaire agricole, ou pas

le linge qui venait, une nouvelle fois de se refuser à lui, arguant que, pas de bague à la patte, pas d'accès à l'anneau. Une solution, faut peut être s'entraîner un peu avant, faire ses révisions, se repasser les rushs pour se faire un montage qui tienne la route, un film que tu regardes avec plaisir. Pour ton dernier moment, si tu dois te fader un navet de biopic qui te fout les boules... c'est des coups à te donner l'envie de revenir, de remettre le compteur à zéro, de t'arc-bouter sur le frein pour éviter ta sortie à l'autre bout du tunnel de lumière, que tu te sens soudain sensible de la rétine. Je vais donc m'atteler à mes révisions, pour une fois que je prépare un examen de passage, je veux claquer un score à rendre jaloux toutes les tronches de premiers de la classe, je veux une super mention à mon examen de calanchage, que pour une fois mes parents soient fières de moi, qu'ils se disent : tu vois nous avons eu raison de ne pas désespérer, tout vient à temps pour qui sait attendre, bien que là... ce fut in-extremis... in partibus.

Le bœuf, le crabe et les vers de terre

Du même gus : **Editions Books and Demand**

Anarchie Meurtres Sexe et Rock'n Roll V2,1 octobre 2013
ISBN 9782322032365

Quand passent les pibales juillet 2014
ISBN 9782322037292

**Dieu créa le monde
en écoutant les Rolling Stones** Janvier 2015
IBSN 9782322011193

Vivre en 2084 Janvier 2015
IBSN 9782322015633

All My Worst Seller (œuvre complète Tome 1) Janvier 2015
IBSN 978232201661   (2013-2015)

New York / Bagatelles Décembre 2015
IBSN 9782322044160

Roman à tendance Instinctiv  *amphlétaire agricole, ou pas*

Page réservée pour noter toutes les fautes d'orthographes.
Je sais pour que ça tienne, faut écrire petit.... Pour le prix, tu ne voudrais pas que je relise... de toutes façons il en resterait... alors corrige et fais pas chier.

© 2016, Alain René Poirier

Edition : BoD - Books on Demand
12/14 rond-point des Champs Elysées, 75008 Paris
Impression : Books on Demand GmbH, Norderstedt, Allemagne
ISBN : 9782322077540
Dépôt légal : mai 2016